RÊVERIE

DU HAUT DES ALPES

POÉSIE

PAR E. BAZIN.

PARIS.

BÉCHET FILS, LIBRAIRE-EDITEUR,

RUE DE SORBONNE, 14.

1851

RÊVERIE

DU HAUT DES ALPES

POÉSIE

PAR E. BAZIN.

PARIS.

BECHET FILS, LIBRAIRE-EDITEUR,

RUE DE SORBONNE, 14.

—

1851

—◦◦—

PARIS. — IMPRIMÉ PAR E. THUNOT ET Cᵉ,

RUE RACINE, 26, PRÈS DE L'ODÉON.

—◦◦—

RÊVERIE

DU HAUT DES ALPES.

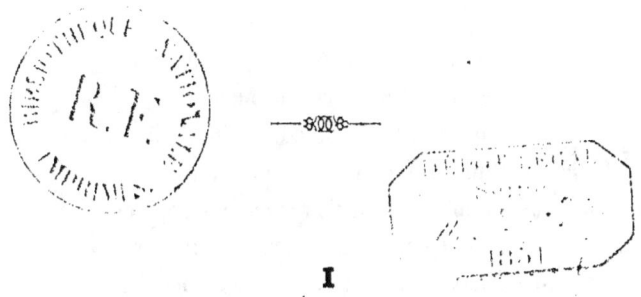

I

A pas lents et pensif, inconnu, solitaire,
Loin, loin de mes amis, en quelque lieu que j'erre,
Soit des bords où l'Escaut suit pesamment son cours,
A ceux du haut desquels, plus vif en ses détours,
Aux plaines du Lombard le Pô verse ses ondes;
Soit que, poussant encor mes courses vagabondes
Jusque vers le Tyrol, au renom mensonger,
J'aille heurter un seuil qu'on ferme à l'étranger (1),

(1) Dur reproche ! plus d'une fois adressé aux paysans de ces contrées :
Goldsmith, entre autres, dans une note à son *Voyageur*, poëme dont
cette Rêverie est un souvenir, se plaint d'avoir, pendant une nuit entière,
frappé à toutes les portes, sans qu'aucune daignât s'ouvrir pour l'hospi-
talité.

On revienne attrister mes rêveuses études
Aux lieux où Rome étend ses vastes solitudes;
De partout, je le sens, inquiet, loin de moi,
Mon cœur, qui suit à peine, aime à voler vers toi,
Vers toi, frère, et toujours plus triste, car il traine
A chaque pas de plus une plus lourde chaine.

Que les anges gardiens, ô mon premier ami,
Écartent de ton pied tout vestige ennemi;
Qu'ils fassent à ton front, que leur aile environne,
De bénédictions une riche couronne;
Que sous ton toit souvent ils reviennent s'asseoir
Au coin du petit feu, tu sais bien, où, le soir,
De contes à loisir, bien noirs, pleins d'épouvante,
Je faisais frissonner l'enfant et la servante.
Doux récits, que plus tard interrompaient les tiens,
Prolongeant pour nous deux de plus hauts entretiens.

Ah! oui, béni sois-tu, cher asile, à toute heure
Ouvert en souriant à l'orphelin qui pleure,
Où l'homme aux durs travaux et l'hôte aux pieds poudreux
Trouvent que le foyer se fait plus gai pour eux.
Là, point de ces rougeurs qu'un mot d'accueil surmonte;
Là, du pauvre, un refus n'augmente point la honte;
On pleure en l'écoutant, et déjà la pitié
Semble de son malheur avoir pris la moitié.
Puis à table, avec eux, l'on se presse en famille;
Bien plus que par les mets, par le cœur on y brille;

Mais on sent qu'on n'y doit au riche envier rien ;
Qu'on a son luxe aussi, puisqu'on a fait du bien.

Hélas ! que peu de temps j'ai goûté ces délices !
Moi-même de ma vie ai flétri les prémices ;
Acharné, sans repos, j'ai consumé mes jours
A poursuivre un bonheur qui fuit, qui fuit toujours !
Tel ce cercle qui joint la terre au ciel immense,
Qu'on croit franchir d'un saut quand le chemin commence,
Mais qui trompe, recule, et que, but incertain,
L'œil voit toujours flotter dans le même lointain.

Faut-il qu'ainsi de moi mon propre cœur se joue,
Qu'épuisé, de désirs en désirs il échoue !
Quand donc et dans quel port, de moi-même sauvé,
Pourrai-je, en m'abritant, dire enfin : J'ai trouvé ?

Lorsqu'aux Alpes pourtant je gravis sur ces cimes
Où monte en tourbillons le seul bruit des abîmes,
Qu'embrassant d'un regard l'univers à mes pieds,
Sur le roc sourcilleux pour rêver je m'assieds,
Plus calme alors, du haut de ces horribles faîtes
J'aime à sentir mon front au niveau des tempêtes,
A voir poindre, courir, puis se perdre là-bas,
Les confins des grands bois, des cités, des États,
A suivre le rayon qui brille sur les dômes,
Et va, plus bas encor, dorer les humbles chaumes.

Ingratitude, orgueil, savoir vain et moqueur,
Doute, sans l'éclairer, qui tortures le cœur,
Révolte du néant, qu'oses-tu dire encore!
Noyé dans ces splendeurs, quand tout mon être adore,
Viens-tu, si près du ciel, mêler jusqu'en ce lieu
Le murmure de l'homme à la bonté de Dieu?

Oh! que d'un tel spectacle épelant les merveilles,
L'homme ouvre à leurs leçons humblement ses oreilles!
Quand de Dieu, par son œuvre, un nouveau jour a lui,
Qu'il se laisse amener doucement jusqu'à lui,
Sage, s'il veut borner et sagesse et génie
A n'être qu'un écho de la grande harmonie,
Roi des êtres, s'il sait s'incliner avec eux,
Et, du bonheur de tous, s'il consent d'être heureux.

Bruits de vie et d'amour qui chantez sous les nues,
Forêts, qui modulez vos hymnes inconnues,
Vallon, qui du ciel même as ravi tes couleurs
Et t'embaumes le sein de moissons et de fleurs,
Nature aux mille chœurs, souffle des lacs, zéphyre
Qui fais palpiter l'onde où la voile t'aspire,
Brises, parfums, concerts, montez vers votre roi,
D'ici je vous domine, et le monde est à moi!

Pauvre roi, quoi! déjà ta majesté t'accable!
Cherchant l'homme béni, tu le sens misérable,
Et compte, à chaque bien qui surgit sous ses pas,

Celui qu'il méconnaît ou celui qu'il n'a pas.
Comme cet insensé qu'on voit criant : famine,
L'œil plein de convoitise et la main de rapine,
L'avare, au pas furtif, qui va vers son trésor,
Et pièce à pièce compte et recompte son or ;
Malheureux sur ces tas où son regard s'allume,
Car de ceux qu'il n'a pas le souci le consume ;
Malheureux, car il sait qu'il use en vain ses jours,
Et que, plus qu'il n'entasse, il lui manque toujours !
Les passions ainsi, sans fin battent mon âme :
D'un rêve de bonheur l'une à peine l'enflamme,
Que de son cri d'angoisse une autre la poursuit ;
Comme l'éclair qui passe en une sombre nuit,
D'un souffle généreux quand mon sein se soulève,
Toujours son triste effort en un soupir s'achève.

Chantez, chantez encor, douces voix, sous les cieux,
Et dites-le pour moi, ce mot délicieux,
Ce mot dont jusqu'ici le fol espoir m'enivre :
C'est ici qu'avec nous, frère, il est bon de vivre.

Du moins, dernier écho du céleste jardin,
L'illusion voudra nous consoler d'Éden.
Ces lieux perdus, hélas ! chacun dit les connaître,
Et veut les retrouver où le ciel l'a fait naître.

Vois, par delà le Nord, sous sa hutte blotti,
Le Lapon, moitié d'homme, insensible, abruti,

Qu'exaltent le fracas de ses mers orageuses
Et de ses longues nuits les lueurs ténébreuses.
Mais qu'à la fin son dieu, d'un oblique rayon,
Son pâle dieu (1) revienne échauffer l'horizon,
Comme il s'impose alors sur la terre et sur l'onde,
Proclamant son glaçon pour le centre du monde !

Haletant sous sa ligne, écoute l'Indien
Dans sa misère aussi ne trouver que le bien.
Il sait que ce soleil de feu qui le dévore
Lui fait sa nuit plus tiède et plus pure l'aurore ;
Il est seul, il est roi dans ses vastes forêts ;
Leurs hôtes les plus fiers sont un but pour ses traits ;
La tempête, dont rit son adresse et sa force,
Ne l'en berce que mieux sur sa barque d'écorce ;
Et bienheureux surtout si, couché près du bord,
D'un œil à demi-clos, indolent, sans effort,
Il peut suivre l'oiseau dont la robe étincelle,
Ou de paillettes d'or le fleuve qui ruisselle !
C'est là, de son palmier savourant la liqueur,
Que vers son dieu propice il épanche son cœur.

Oh ! berce-le toujours, illusion chérie ;
Fais-lui, dans sa tribu, bien aimer la patrie ;
Sans désirs, sans regrets, garde-le, simple enfant,
Dans le naïf orgueil de son cœur triomphant !

(1) *Skin-fax* (crinière lumineuse) est le coursier qui ramène le soleil
dans les poésies scandinaves.

De peur que, sage aussi, le besoin ne l'obsède
D'aller courir au loin après ce qu'il possède,
Sur nos pas s'obstinant à fouiller l'univers,
Pour reconnaître..... hélas! que ces peuples divers,
Ces climats si vantés n'offrent tous en partage
Qu'à peu près même lot du commun héritage.

Oui, la nature et l'art, des déserts aux cités,
Font à tous et leurs maux et leurs félicités!

La nature, qu'on dit mère et tantôt marâtre,
A l'un va disputer un gain opiniâtre,
Et pour l'autre, semblant jeter à pleines mains,
Et de fleurs et de fruits va joncher les chemins.
Mais la saveur ici s'émousse en l'habitude;
Là, de vaincre par soi, l'on se fait douce étude,
Sur le sillon conquis par un vaillant effort,
D'un cœur reconnaissant on se pose, on s'endort,
Et ce qui rend tout pain savoureux pour la bouche,
A de la dure aussi fait une molle couche.

Et l'art? Plus variés sont ses dons, ses bienfaits,
Mais peut-être plus grands sont les maux qu'il a faits :
Par lui, l'homme abdiquant sa liberté sauvage,
N'a souvent revêtu qu'un pompeux esclavage;
Richesse, éclat, splendeurs, luxe, prospérités,
Qu'étale le commerce à ses yeux enchantés,
Qui lui promettent tous et l'honneur et l'empire,

Mais qu'il voit trop souvent l'un l'autre se détruire :
Le commerce florit aux dépens de l'honneur,
Et la richesse arrive en chassant le bonheur ;
De ces rêves qu'au cœur un faux désir envoie,
Pas un qui ne lui vienne enlever quelque joie !
Tristes enseignements, hélas ! peu médités,
Qui de l'homme aux États pourtant sont répétés.
Chacun subit ainsi l'attrait qui le domine,
Et dont la pente enfin le mène à sa ruine.

II

Mon fardeau, loin de moi pour un temps rejeté,
Je veux rêver encor, mais pour l'humanité ;
Je veux que ce vain cri d'une âme qui s'isole,
Dans la commune voix se perde ou se console.
Tel ce cyprès, au bord de l'abîme penché,
A ces âpres sommets, par l'orage accroché,
D'un peu d'ombre défend le roc qui le déchire,
Et mêle son murmure à tout vent qui soupire.

A ma gauche, là-bas, montent les Apennins,
Comme un amphithéâtre aux immenses gradins,
Dont chacun, entassant rochers, vallon, colline,
Sous le ciel se déroule et vers la mer s'incline ;
Scène d'enchantement, de grandeur et d'effroi,
Qui s'ouvrait, digne arène, aux jeux du peuple-roi.

Salut donc à ta gloire, Italie, Italie!
Devant laquelle encor toute gloire s'oublie,
Terre des riches dons, de l'éclat, du soleil;
Toi qui, sur tes coteaux à l'horizon vermeil,
Aimes à voir, toujours de guirlandes parée,
Briller l'orange d'or et la grappe empourprée;
Moins belle, sur son front, la Vierge en souriant,
Enlace avec les fleurs les perles d'Orient.
Bords encadrés d'azur, à l'onde transparente
Où se mirent Baïa, Parthénope et Sorrente,
Séjour que le poëte habite avec les dieux,
Où l'air est embaumé, le flot mélodieux,
Où, de son sein gonflé par de chaudes haleines,
La terre, sans compter, verse à corbeilles pleines,
Et fruits qu'à l'équateur un rayon fait mûrir,
Et fleurs qu'un même instant voit éclore et mourir;
Où la moisson succède à la moisson qu'on cueille,
Où la rose renaît sous le doigt qui l'effeuille,
Où le plaisir enfin peut enchaîner les jours,
Et le temps qui s'enfuit faire oublier son cours!

Oublier! ah! des sens l'ivresse est passagère,
Et triste le réveil sous la main étrangère.
Qu'il est triste, quand tout pour lui semble paré,
De voir que seul ici l'homme ait dégénéré,
De s'avouer qu'hélas! plus la nature donne,
Plus il semble qu'ingrat, soi-même il s'abandonne,
Comme si dans ces biens, lorsqu'avide elle mord,

Sa lèvre avec l'ivresse avait puisé la mort!

Pourtant il fut des jours sans honte et sans murmure,
Des jours où l'homme ici digne de la nature,
Savourant de ses dons la douce volupté,
L'associa plus pure au nom de liberté;
Des jours qu'au feu divin son âme rallumée,
Respirait sur le marbre ou la toile enflammée,
Et que, pour effacer la pompe des Césars,
Dans son nouvel essor il retrouvait les arts!

Qui donc te les ravit? Qui? Toi-même : l'envie,
Dévorant les États comme elle use une vie;
Ton cœur, ton propre cœur, qui, du succès de tous,
Sans profiter au tien, ne sut qu'être jaloux;
Ta vanité surtout, dont la sotte impuissance,
Ne cherchant que l'honneur, fuyait l'obéissance;
Ton faux orgueil, en vain tant de fois abattu;
Pour tout dire d'un mot, ton manque de vertu!

Ne t'indigne plus tant d'un destin qui te brave;
Dompte tes passions, pour cesser d'être esclave.
Héritier des grands noms de qui l'ombre est sur toi,
Veux-tu seul, en toi-même, abdiquer toute foi?
Tu ne peux, je le sais, ressusciter leur gloire,
Mais tu peux dans ton cœur en garder la mémoire;
Tu peux, de Rome antique au trône chrétien,
Te dire, et c'est assez, quel passé fut le tien.

Mais il s'en va, le pâtre en qui l'âme est grossière,
Il foule, indifférent, une noble poussière ;
Sur les restes fameux des palais, des tombeaux,
Insouciant des morts, il parque ses troupeaux ;
Ou bien, de ces débris qu'il dédaigne et qu'il raille,
Lorsque le moindre encore est si haut pour sa taille,
Peut-être il se demande, en ses étonnements,
Pour quels héros, quels dieux étaient ces monuments !!!

Vous me troublez moi-même, ô géants de l'histoire !
Pour tant d'abaissement, j'aime mieux moins de gloire ;
J'aime mieux voir grandir un modeste passé
D'où rien avec rougeur ne doive être effacé.

Comme l'aire que l'aigle accroche dans les nues,
Quels sont ces champs jetés aux flancs des roches nues,
Là, rongés par le gouffre à leur base entr'ouvert,
Et qu'envahit plus haut un éternel hiver ?
Au milieu de ses monts, c'est la rude Helvétie,
Terre au feu des volcans, sous ses glaces durcie,
Mais où l'homme, plus dur encor que le climat,
Au sol qui le repousse arrache un pain ingrat.
Race à l'âpre labeur, comme l'acier trempée,
Dont la main sait tenir et le soc et l'épée,
Et qui, du même fer déchirant ses sillons,
Plus drus que leurs épis fauche les bataillons.
Écoutez : c'est Uri ! la terreur l'accompagne ;

Sa trompe au rauque appel ébranle la montagne (1),
Entraînant Schwitz et Berne, et l'on entend d'ici,
L'écho qui s'en prolonge à Morat, à Nancy (2).....

Eh quoi ! d'un tel fracas vais-je égayer ma muse ?
Elle qui ne connait que l'humble cornemuse ;
Elle qui, d'Unterwald craignant les fiers taureaux,
Suit la blonde génisse au long des prés nouveaux,
Surtout quand de sa mère, en blancs flocons d'écume,
Sous la main du pasteur le lait jaillit et fume,
Ou qu'à travers le jonc qu'ont enlacé ses doigts,
Il coule et se durcit dans le vase de bois ;
Elle qui sait les lieux qu'émaille la pervenche,
Les sentiers d'où la fraise en gros bouquets se penche,
Et qui peut-être, ainsi que Pan dans ses roseaux,
Surpris et barbouillé par les nymphes des eaux,
Folle, rirait de voir, plutôt que l'ambroisie,
Le myrtille et la mûre à sa lèvre noircie !
Si de ses chants, du moins, elle ornait le festin !
Pendant que sur sa tête, aux rayons du matin,
Chaque pic en glaciers comme un prisme étincelle,
Et couronne de feux l'horizon qui ruisselle.

Hélas ! même en cueillant ces fruits, parmi les fleurs,
Ton rire, pauvre muse, était mouillé de pleurs !

(1) Celle que les montagnards disaient tenir de Charlemagne, et dont ils sonnaient d'une si furieuse manière aux batailles de Granson et de Morat.
(2) Nancy, où fut tué Charles le Téméraire, duc de Bourgogne.

L'illusion, en vain, de sa douce chimère
Veut bercer ta pensée, au réveil plus amère;
Chanter!..... lorsque toujours, toujours mugit là-bas
Cet effroyable écho d'orage ou de combats,
Plus sourd que le torrent dans la gorge profonde,
Qu'au milieu des rochers l'ours des Alpes qui gronde;
Chanter! quand la discorde, entre les fils de Tell,
S'en va lançant l'injure et le défi mortel,
Soufflant la haine à ceux qu'avaient unis leurs pères,
A ceux, qu'en les vengeant, la liberté fit frères,
Et qu'on verra peut-être, horrible impiété,
Aujourd'hui s'égorgeant au cri de liberté!

Comme l'enfant, surpris par quelque bruit sauvage,
Court au sein maternel, s'y serre et prend courage,
Pourrai-je enfin, chassé par ce cri furieux,
France, avec plus d'espoir, tourner vers toi mes yeux?

De ses pieds s'appuyant au granit des Cévennes,
Sa tête s'ombrageant du chêne des Ardennes,
Un bras vers l'Océan, l'autre au Rhin étendu,
C'est la France! grand nom de tout peuple entendu.
Moi, son fils, à genoux, moi ne plus croire en elle!
Moi, qui la contemplant imposante et si belle,
Si complète, si forte en sa vaste unité,
Parlerais presque, ô Dieu, de son éternité!
A ses ambitions, oui, Dieu sembla sourire :

Traçant, sans le borner, son magnifique empire,
Lui-même sous ses pas semant tant de splendeurs,
Il voulut l'enflammer pour toutes les grandeurs.
Comme Rome, autrefois, par le glaive fut reine,
Comme Athène imposa sa grâce souveraine,
Elle aussi, sur son front si fièrement porté,
De la gloire et des arts unit la majesté.

Faites, faites bien haut, mers qui baignez ses plages,
Faites voler son nom aux plus lointains rivages!
Je l'aimais, moi, redit tout bas, mélodieux,
Par ses fleuves, dont l'onde, en reflétant les cieux,
Sous le saule argenté se déroule et serpente;
Par ses monts verdoyants, dont l'onduleuse pente
Sait, combinant les dons d'un climat attiédi,
Mêler aux fruits du nord les pampres du midi.
J'aimais, — ô souvenir des heures fortunées,
Que, comme un frais parfum des premières années,
A travers le bocage et sur les blés flottants,
Semble encor m'apporter le souffle du printemps, —
J'aimais ses blancs vergers, me cachant ses villages,
Ses rangs de peupliers aux mobiles feuillages;
Sous sa haie odorante où dorment les troupeaux,
L'abeille, au sourd murmure, effleurant les sureaux,
Et qu'on voit, bourdonnant, butinant par les plaines,
Sans cesse revoler aux ruches déjà pleines.
Heureuse, elle, du moins, et dont l'œuvre en tout lieu
Fait, en l'accomplissant, bénir l'ordre de Dieu!

Ah! si vous compreniez, vous, cités frémissantes,
Si pleines de tumulte et de voix menaçantes,
Comment la ruche, en paix, sait amasser son fruit,
Comment plus de travail se fait à moindre bruit!
Mais non! vous amassez l'orage sur vos têtes,
Et la France, jetée au chemin des tempêtes,
Pour un mot d'espérance et des rêves lointains,
Renonce, en vous suivant, à de trop lents destins.
France! France! je sais que ta lèvre féconde,
Pour le régénérer, veut entraîner le monde;
Mais ces mots qu'on entend à tous les vents semer,
Ont-ils bien, en toi-même, eu le temps de germer?
Comme en un vase clos une liqueur fermente,
Rompt le cercle de fer et déborde écumante,
Trop souvent emporté, ton généreux dessein
Frémit, bouillonne, éclate et déchire ton sein.
Et la limite aussi trop souvent dépassée,
D'autant l'on rétrograde à la borne opposée,
Et l'on s'en va, heurtant, criant à tous hasards :
Vive la République..... ou l'ère des Césars!

Viens plutôt, toi, si loin, brumeuse et solitaire,
Toi, sur tes mers assise, impassible Angleterre,
Comme un rocher battu par l'orage et le temps,
Mais qu'assiégent en vain la vague et les autans
Dont le choc, à ses pieds, en murmurant se brise,
Ou passe, à ses sommets, comme un souffle de brise,

Viens, et dis-leur à tous, bien plus haut que ma voix,
Dis comment sur les mœurs s'affermissent les lois;
Dis-leur comment la loi, cette arche vénérée,
Du père à ses enfants se transmet plus sacrée,
Par quel germe de vie et quel puissant ressort,
D'un progrès modéré, l'irrésistible essor
Avance vers un mieux, dont la sage mesure,
Sans chute et sans excès, à chaque pas s'assure;
Enseigne, à nous surtout, cette froide raison
Qui craint, à tout propos, de crier : trahison !
Qui fait, du dernier rang jusqu'au degré suprême,
Qu'en respectant autrui l'on s'honore soi-même,
Qui voit plus de vertus dans un plus grand pouvoir,
Et sait, avant les droits, faire aimer le devoir.

Mais pour toi, pour toi seule! exhalé de l'abime,
L'orgueil dont ton poëte infernal et sublime,
Ton fils, lui, ton vrai fils, le chantre de Lara,
Sur ton sein, Angleterre, à longs traits s'enivra.
Ingrat qui, de sa mère, image trop vivante,
Devant elle, au grand jour, se dresse et l'épouvante!
Pour toi l'amour du gain, pour toi l'avidité,
Ce culte du succès, qu'on nomme habileté,
Qui pousse au loin ton bras, quand on le voit s'étendre,
Pour aider quelquefois, trop souvent pour surprendre;
Qui couve ces desseins, longuement combinés
Dans l'ombre, jusqu'au but, sans secousse amenés,
Si forts et si prudents, que leur profonde trace

A peine se décèle au monde qu'elle enlace !

Seulement, souviens-toi du colosse romain
Au jour où, l'univers échappant de sa main,
Parmi tant de débris dont la masse le broie,
Lui-même il s'écroulait, s'affaissant sous sa proie.

III

Et je pensais, suivant mon vol capricieux,
Où donc est le bonheur pour l'homme, sous les cieux?
L'oiseau seul est fidèle à la grande harmonie ,
Lorsque, par un instinct qui vaut bien le génie,
Par un merveilleux sens, et qui nous manque à nous ,
Il part, sûr d'arriver en des climats plus doux.
Mais l'homme, cœur déchu, qui soi-même se ronge,
Lui, dont les bras fiévreux n'étreignent qu'un vain songe,
Lui, plus âpre sans cesse à mesure qu'il fuit,
Où le saisira-t-il, ce repos qu'il poursuit?
Sera-ce en ces États que la sagesse antique
Décorait, avant nous , du nom de république;
En ceux où le pouvoir, à grands frais pondéré,
Semblait promettre, hélas ! un jeu plus assuré?
Faut-il que, de dégoût, sa propre lassitude
Mette à sa volonté pour frein la servitude?
Où, comment, sur quel bord son pas aventureux
L'ira-t-il déposer enfin vraiment heureux?

Heureux ? il l'est partout, s'il est digne de l'être ;
De son propre bonheur sa vertu l'a fait maître ;
Il n'a, peuple ou tyran, quelle que soit sa loi,
Pour le trouver partout......qu'à le chercher en soi !

Mars 1851.

Ouvrage du même Auteur :

NOUVEAU CHAPITRE

A

L'ESSAI SUR LES RÉVOLUTIONS,

1 VOLUME IN-12.

Paris. — Imprimé par E. Thunot et Cie, rue Racine, 26, près de l'Odéon.

www.ingramcontent.com/pod-product-compliance
Lightning Source LLC
Chambersburg PA
CBHW061520170626
46811CB00004B/1771